만날 만나고픈 고양이들이 있는 냥만적 일상

만날만날 고양이 🐾

※ 일러두기
본문 중 일부 글과 대사는 만화적 표현을 살리기 위해 원작의 표기법을 따랐습니다.

만날만날 고양이

김양희 글·그림
초판 1쇄 발행일 2025년 6월 10일
펴낸이 이숙진 펴낸곳 (주)크레용하우스 출판등록 제1998-000024호
주소 서울 광진구 천호대로 709-9 전화 (02)3436-1711 팩스 (02)3436-1410
인스타그램 @bizn_books 이메일 crayon@crayonhouse.co.kr

* 빛은책들은 재미와 가치가 공존하는 ㈜크레용하우스의 도서 브랜드입니다.
* KC마크는 이 제품이 공통안전기준에 적합하였음을 의미합니다.

ISBN 979-11-7121-180-7 04810

만날 만나고픈 고양이들이 있는 냥만적 일상

만날만날 고양이

글·그림 김양희

빚은
책들

앵오

내 삶을 흔들어 놓은
사랑은 갑작스럽게
찾아왔습니다.

방에 한번 가볼래?

학교 다녀왔습니다

방 안에는 얼룩덜룩한 털에
꼬리가 구부러진
새끼 고양이가 있었습니다.

흰 고양이를
키우고 싶었는데….

어느 날부터 겁 많고
볼품없던 새끼 고양이는

나를 몰래몰래
따라다니기 시작했습니다.

그때는 몰랐습니다. 이 작고 꼬질꼬질한 고양이를

겁 많은 성격

얼룩덜룩한 털

앙상한 몸

구부러진 꼬리

이토록 사랑하게 될 줄은요.

아깽

묘연은 언제나
갑자기 찾아옵니다.

베란다에 가볼래?

다녀왔습니다.

거기엔 상태가 안 좋은 새끼 고양이가 있었습니다.

아파트 단지에
사는데, 다리를
다쳤더라고.

앗! 완전
아깽이네?
어디 아픈 거야?

나을 때까지만
돌봐주고
보내야지.

7

약했던 생명은 어느새
기운을 되찾았고

아깽아!

이제 좀
괜찮니?

그렇게 계획에 없던
둘째가 생기고 말았습니다.

앵오야, 동생
생겼어!

어느덧 아깽이의 덩치가
앵오를 따라잡고

둘은 좋은 친구이자
가족이 되었습니다.

앵오가 열아홉 살로 무지개다리를
건널 때까지요.

앵오야,
잘 가.

고마워,
사랑해.

그 무렵의 나는 고양이들이 주는
사랑과 행복, 그리고 슬픔까지도
기록하고 싶어졌어요.

고양이와 만날 만날 행복하고, 가끔 그리워하는 이야기.
이제 시작합니다.

차례

1장 만날 만날 새로워

2장 만날 만날 재밌어

3장 만날 만날 고마워

4장 만날 만날 사랑해

5장 미공개 에피소드

📖 읽는 순서

① 유난히 걱정이 많은 날이 있습니다.

냥.

BOX

② 그때,

정적을 깨는
발자국 소리.

척척

척

척

③

총총

zZ

④ 조그마한 발자국이
멈추는 곳은
집사입니다.

만날 만날 새로워 🐾

고양이랑 살면은

유난히 걱정이 많은 날이 있습니다.

그때,

정적을 깨는
발자국 소리.

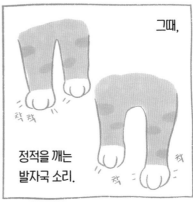

조그마한 발자국이
멈추는 곳은
집사입니다.

어라, 아깽이!

ZZZ

아깽이는 종종 눈을 덜 뜬 채로
집사에게 옵니다.

ZZZ

부시시

〈집사 시점〉

눈은 뜨고
걸어 다녀
야지!

으이구-.

그러다가
부딪히면
어쩔래?

내 말 듣고
있는 거야?

너 땜에
못 살아~

더 안기려고
파고드는 중. →

19

BOX

고양이와 살면 하루에 한 번은
웃게 됩니다.

뒤통수에 반하다

머리부터 꼬리 끝까지 사랑스럽지만

요즘, 집사가 유독 예뻐하는 곳은
바로 노란 뒤통수입니다.

작은 뒤통수를 바라보면
이런저런 생각이 떠오릅니다.

찡~

굳은 다짐을 하기도 하고

내가
지켜줘야지.

작고 소중해.

작은 뒤통수에서 나온 생각 중
집사 지분이 꽤 많다는 사실에
흐뭇해지기도 합니다.

무엇보다 집사가 부르면

아깽이!

뒤통수를
쓱 돌려
바라볼 때

고양이 발냄새

앵오만 있을 때는 고양이도 발냄새가 난다는 걸 몰랐습니다.

포도 젤리 귀여워!

발냄새 안 나는 고양이→

그러나 아깽이가 새 식구가 되면서 새로운 냄새에 눈을 떴습니다.

먕?

아깽이는 핑크에 주황 젤리네. 너무 귀엽다….

귀여운 마음에 앞발을 코를 가져다 댔는데

킁

24

놀라고 말았습니다.

앗!
이게
뭐야?

꼬릿꼬릿하면서
시큼하고…

발효되는 듯한
이 오묘한 냄새는…

장난이
아니구나…

작은 젤리에
엄청난 향을 숨기고
있었군….

놀랐던 것도 잠시,
어느새 집사는 중독되고 말았습니다.

한번만 더…

킁킁킁

고양이 냄새

고양이들은 집사의 오감을 채워줍니다. 정수리부터 꼬리 끝까지 귀여움으로 눈을 호강시키고, 부들부들한 촉감은 피부를 따뜻하게 해줘요. 아기 같은 목소리와 규칙적으로 짭짭짭 그루밍하는 소리는 마음에 평온을 줍니다. 조금 꿰맞추는 느낌이지만, 뽀뽀로 미각까지 채워준다는 말씀! 마지막으로 고양이 냄새가 있습니다.

전 우리 집 고양이들의 냄새를 좋아해요. 고양이 냄새 맡기는 빠트릴 수 없는 일상 속 힐링 시간입니다. 공인인증서 설치가 마음대로 되지 않아 울화가 치밀어 오를 때, 이런저런 잡생각으로 잠이 오지 않을 때, 울적한 일들로 마음이 흐트러질 때, 저는 고양이 냄새를 맡습니다. 사실 별일 없을 때도 수시로 맡아요.

제일 좋아하는 곳은 뒤통수입니다. 유독 빵처럼 달달한 냄새가 나거든요. 아, 입 옆의 뽕주둥이도 좋은 위치죠. 뜨끈한 숨결까지 느낄 수 있어 더욱 깊이 교류할 수 있거든요. 고양이는 배와 등에서도 고소한 냄새가 난다는 거 아시나요? 그루밍하고 난 직후에는 특유의 달달한 냄새가 많이 사라져 아쉽기도 해요.

이렇게 좋은 냄새가 나는데, 이 친구들은 몸에 물을 안 묻힌 지 N년이 넘는다는 거. 너무 신기합니다. 이런 동물이 고양이 말고 또 있나? 생각하다 보니 게으른 집사는 '고양이 침으로 화장품을 개발하면 매일 씻지 않아도 되지 않을까!' 하는 엉뚱한 상상도 했답니다. 그러나 철창에 갇혀 각종 실험을 당할지도 모르는 고양이들을 떠올리며 '아니야. 아무리 귀찮아도 내가 매일 씻는 게 좋지' 하고 도리도리 고개를 흔들었죠.

앵오의 이마에는 집사의 과격한 뽀뽀 때문에 늘 은근한 침 냄새가 났습니다. 거기다 특유의 달달한 체취가 더해져 더 중독적이었죠. 변태처럼 들릴까 봐 조금 걱정되지만, 고백합니다. 조금도 놓치지 않으려고 숨을 참았다가 깊이 들이마시며 맡을 정도로 그 냄새를 좋아했습니다. 냄새를 맡으며 앵오의 동그란 눈과 분홍 코를 보는 게, 제 행복이었어요.

앵오가 무지개다리를 건너고 난 뒤에는 늘 잠들던 이불 위에서 앵오의 냄새가 하루하루 사라지는 게 너무 아쉬웠어요. 그래도 아깽이 몸에 코를 박고 그 시간을 견뎠습니다.

언젠가 좋아하는 냄새가 모두 사라지면 어떻게 될까? 아직은 자세히 상상하고 싶지 않지만, 가끔 생각해 보곤 합니다.

반성이란 없다

가벼운 외출 후 귀가한 집사.

아깽이 나 왔어!

집에 도둑이 들었나….

현장에서 범인 발견!

아깽이!

휴지를 마구 찢어놓다니.

혼이 좀 나야겠구나!

멍 때리기 대회 도전?

멍 때리기 대회가 열렸다는
기사를 보며 생각했습니다.

오~?

할 만한 거
아닌가?

고양이만 볼 수 있게 해주면!

귀엽다.

몇 시간이고 가만히 쳐다볼 수 있어!!

그렇게 상상을 펼치던 도중에
세부 조건을 읽었는데요.

이건…
자신 없는데?

바로 심박수를 일정하게
유지해야 한다는 것!

날 보며
평정을 유지할
자신이 있냐옹!

불
가
능.

그렇게 멍 때리기 대회에 참가하는
상상은 빠르게 막을 내렸습니다.

알 수 없는 몸몸몸매

아깽이의 체형은 볼 때마다 다릅니다.

식빵이 너무 큰데?

어떨 때는 매우 푸짐해 보이고

요즘 살이 빠졌나?

어떨 때는 말라 보입니다.

거대 식빵

호리병냥

거대 식빵과 호리병 몸매를 오가는 아깽이.

흠..

하루 사이 의견이 분분하기도 합니다.

어떤 몸매도 사랑스럽지만,
건강이 먼저인 집사의 마음입니다.

내 털도 빗어주라옹

앵오가
있던 시절.

앵오야
털 빗어줄까?

앵오의 털을 빗고 있으니
어느새 아깽이가 나타나

골골골

커다란 노란 궁둥이를
들이밀었습니다.

먀옹

골골

아깽이
너도 빗어달라고?
으이구!

ㅋㅋ

ㅋㅋ

먀옹

행복의 골골골.

그런데 며칠 전 집사가
빗질을 하는데

아깽이가 갑자기
궁둥이를 들이대는
겁니다.

마옹

마옹

왠지 같은 털로
취급받은 것
같아 잠시
당황했지만

하긴,
내 머리카락도
털이지!

ㅋㅋ

그렇게 집사의 본분을 다했습니다.

만만한 게 좋아

돼지는 "꿀꿀", 개는 "멍멍", 고양이는 "야옹야옹" 운다고 배우며 자랐는데 실제로 고양이와 살아보니 울음소리가 아주 다양했습니다. 집사가 질척거리면 귀찮아하는 "아—앙", 외출했다 늦게 돌아올 때의 삐친 "우아아아옹!", 애교 부리는 간드러진 "이야야양"까지!

특히 앵오와 아깽이는 무언가를 요구하는 소리가 많습니다. 맡겨둔 걸 찾아가듯 당연하게 군다고나 할까요? 얘네들은 집사를 상당히 만만하게 보는 게 분명합니다. 그래서인지 집사가 원하는 곳으로 빨리 움직이지 않으면 목소리가 한없이 높고 커지죠. 그리고 들어줄 때까지 반복하는데, 그 잔소리 내용은 대체로 "집사야. 빨리 맛있는 걸 챙겨주지 못하겠냐옹", "이 방문을 열어보라옹", "밤이 깊었는데 여기서 뭐 하냐옹? 어서 나랑 같이 방에 자러 가자옹!" 같은 것들입니다.

재미있는 점은, 이 아이들이 마음껏 요구하는 지구상 유일한 상대가 저라는 겁니다. 특히 겁 많은 아깽이는 다른 사람 앞에서는 꿀 먹은 벙어리가 됩니다. 저한테는 귓가에 얼굴을 바짝 대고 소리를 지르면서 다른 가족에게는 밥 달라는 간절하고 부담스러운 눈빛만 보내곤 하죠. 아깽이보다 더한 겁쟁이인 앵오는 낯선 사람이 오면 도망치기 바쁩니다. 가족 중에 엄마를 참 좋아했지만, 역시나 1순위 소통자는 저였습니다.

저는 앵오와 아깽이가 원하는 걸 요구할 때의 당당한 모습을 사랑합니다. 목소리를 암만 높여도 집사가 자기를 사랑한다는 걸 잘 아는 눈치거든요. 동그란 눈을 마주치고 송곳니가 뾰쪽이 돋은 작은 입을 한껏 벌리며 요구하는 당돌함이 어찌 사랑스럽지 않을까요?

인간관계에서는 웃긴 사람이 되더라도 우스운 사람이 되어선 곤란하다는 말이 있습니다. 그렇지만 고양이들한테만큼은 한없이 만만해지고 싶습니다. 고양이들이 만만한 집사에게 바라는 것들은 대체로 깜찍하고 무해하니까요. 무엇보다 그들은 애정을 빌미로 어떠한 기준에 맞추어 나를 평가하거나 내가 다른 사람으로 바뀌길 바라지 않습니다. 집 밖에서는 때때로 못난 집사를 있는 그대로 좋아해 줍니다.

오늘도 꼭두새벽부터 집사를 깨우는 당돌한 외침을 들으며, 화가 나기보다는 어이가 없어 피식 웃음이 났습니다. 그리고 다짐합니다.

내가 지구에서 제일 만만하고 믿을 만한 품이 되어줄게.

곰 인형을 샀습니다

곰 인형을 샀습니다.

좌식 의자로
쓸 수도 있음.

곰 인형 위에 잠들 아깽이와
한층 예뻐질 방을 떠올리면서요.

낮을 가리던
아깽이도

서서히
관심을 가지더니

죽죽

어느새 침을 나눠주는
사이가 되었습니다.

그 끝없는 베풂에 음수량이 걱정된
집사는

으이구.

이걸
입혀봐!

엄마의 안 입는
남방으로

곰리둥절

하하. 이제
옷도 입혔으니
못 핥겠지?

꼬옹이

곰돌이 그루밍
금지 작전에 들어갔습니다.

그러나 곰돌이의 얼굴로
돌진하는 아깽.

벙거지

얼굴 보호 수건

하하!
나의 승리!

엄마의
체크 남방

결국 특단의 조치를 취했습니다.

고양이와 살면 계획대로 되지 않습니다.

숨길 수 없는 표정

고양이들의 표정은 솔직하다고
생각합니다.

특히 아깽이는 배고프면 표정이
다양해져요.

맛난 걸 원하는
초롱초롱한 눈빛.

→

빨리 안 주면
점점 흉포해진다.

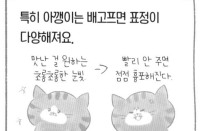

집사를 보채다가도

맛있는 거
주세용.

맛있는 걸 떠올리고 입맛을 다시죠.

헤.
꿀꺽

쫄깃
닭가슴

축축
습식

고소한
트릿

바삭
건사료

신선
캣그라스

다시 정신을 차리고 집사를 조르다가

또 맛난 걸 상상하고
입맛을 다십니다.

입맛 다시기와 조르기의 무한 반복.

작은 머릿속이
훤히 보여,
집사는 웃음이 납니다.

집사의 옆구리는 무겁다

앵오는 겁 많은 고양이였습니다.

딩동♪

탁다닥

무서워!!
도망갈
거라옹.

카
오

다가오지
마라옹!!

낯선 사람＋낯선 곳
＝패닉

걱정이 많은 나는 무서운 상상을
했습니다.

만약
앵오를 잃어
버린다면…

내 목소릴 들어도
숨어서 떨고
있겠구나….

절대 앵오를
잃어버리면 안 도비
그날로 생이별이야!

그래서인지 앵오를 잃어버리는
악몽을 자주 꿨습니다.

앵오야,
어디 있니!

앵오야!
이건 악몽이다~.

꿈속에서 공포에 질려 숨는 앵오를
찾고 쫓아가 겨우 잡고,

숨지 말고
이리 와!!

밖은
위험해!

놓치지 않으려 옆구리에 꼭 끌어안았죠.

조금은 무겁다.

이대로 집까지 안고 다녀야지!

겁쟁이 아깽이를 둘째로 들이고부터는

방문 밖으로 나오는 것도 용기가 필요하구나.

왜 저러냐옹.

집사의 꿈은 두 배로 바빠졌습니다.

앵오야 이리 와.

아깽아 무서워도 나와야 집에 가지.

옆구리도 두 배로 무거워졌습니다.

끄응..

야옹

야옹

고양이의 수다

아깽이는 수다가 많은 편입니다.

통화를 할 때에도

＊ 통화할 시간에
맛난 거나
달라고
해석함.

상대방:
아깽이
목소리지?

물을 먹을 때도
말이죠.

＊ 물 먹기 귀찮지만
살려고 먹는다는
푸념으로 해석.

말하면 결국엔 통한다는
믿음이 있는 듯합니다.

이것만 하고
민원 접수
하겠습니다!

뭐가 그리 맛있을까?

엄마가 삶아준 고구마.

고구마가 그다지 끌리지 않았던
김집사.

고구마
먹어라~

넵!

(대답만)

쩝쩝거리는 소리에
돌아보니

집사의 고구마를 몰래 먹던 아깽이.

아깽이
뭐 해?

유유히 한 조각을 물고
달아납니다.

매일 조금씩
좋아하는 것들을

　혼자 그림을 끄적거리다가 문화센터에 다니기 시작했습니다. 언젠가 고양이가 주인공인 그림책을 만들고 싶어서였죠. 매달 4만 원만 내면 일주일에 한 번, 2시간 동안 수업을 받을 수 있으니, 주머니 사정이 여유롭지 못한 저도 수채화와 색연필 수업까지 등록했습니다.

　수업 시간은 아침 10시. 수강생 대부분은 50대가 넘는 어머님들이고, 그동안 바쁘게 사느라 뒤늦게 그림을 시작한 분이 많다 보니 다들 열정이 남다릅니다. 마음에 들 때까지 연습하는 분도 있고, '아. 나도 저 정도 그리면 소원이 없겠다' 싶을 정도로 잘 그리는 분도 많이 계셨죠. 무엇보다 스스로 즐기면서 몰입하는 모습을 보면 괜스레 제 기분이 좋아집니다.

　그분들 속에서 제 그림은 조금씩 나아갑니다. 사실 저는 하루 종일 그림 그리기에 올인하기 어렵습니다. 투자하는 시간이 짧으니 "이렇게 해서 그림 실력이 늘 수 있을까?" 하는 걱정도 가끔 고개를 들죠. 그러나 주머니 사정만큼이나 아기자기한 제 체력과 열정으로는 매주 이 정도의

몰입이 적당하다는 걸 몸소 느끼고 있습니다. 그래서 의문을 품기보다 조금씩 쏟은 시간이 모여 가져올 변화를 기대하기로 했습니다. 문화센터 N년 차에 작가님이라 부르고 싶을 만큼 멋진 그림을 그리는 어머님들을 떠올리면서요.

조금씩 물드는 힘이 얼마나 큰지는 고양이들을 통해서도 새삼 느낍니다. 보통 평생을 함께할 사람을 만나면 처음부터 '이 사람이다!'라는 강렬한 느낌을 받는다고 하는데 우리 집 고양이들과의 첫 만남은, 솔직히 말하자면 '작고 깡마르고 못나고 가여운 아기 고양이' 정도였어요. 이렇게 서로의 눈에서 하트가 뿅뿅 나오는 사이가 될 줄은 전혀 예상하지 못했습니다. 매일매일 함께 밥 먹고, 잠들고, 웃으며 보냈더니 지금 같은 마음으로 변한 거죠.

2024년에 아깽이 사진을 보며 보태니컬 아트를 그렸습니다. 사진처럼 섬세한 색연필 묘사가 중요한데 실력에 비해 무리한 도전이었나 봅니다. 선생님 없이는 진행할 수 없었거든요.

"선생님, 눈동자에 비친 빛은 어떻게 그려요?", "선생님, 털은 어떻게 묘사해야 할지 모르겠어요!", "선생님, 이다음은 어떻게 해요? 도저히 모르겠어요."

이 세상에서 저 다음으로 아깽이 사진을 유심히 본 사람이 있다면 선생님이 아닐까 싶을 정도로, 그림 곳곳에 선생님의 손길이 닿았습니다. 그렇게 몇 달에 걸쳐 아깽이 그림을 겨우 마무리했고, 다음 몇 달은 여러 송이의 분홍색 꽃에 도전했습니다.

그리고 얼마 전부터는 새로운 고양이 그림을 시작했습니다. 혼자서 열심히 색칠한 고양이 눈이 아주 아름답다며 선생님께 칭찬도 받았습니다.

느리지만 꿈꾸는 것들을 조금씩 해나가는 것, 좋아하는 걸 끝내 놓지 않는 것, 사랑하는 고양이와 하루를 쌓아가는 것, 저의 일상은 그런 것들로 이루어져 있습니다.

세상이 신기한 너에게

창밖을 바라보는 네 모습을 좋아해.

뭐가 그리 신기할까?
세상을 담는 눈이 온통
초롱초롱 빛나.

그럴 땐 너도 계절이 지나가는 걸
눈치챈 건지, 궁금해.

그거 알아?

나에겐 그런 네가
더욱 신기하고 예뻐서

자꾸만 몰래몰래
쳐다보게 된다는걸.

언제 그랬냐는 듯 금세 잠이 든
모습까지도 눈을 뗄 수 없다는걸.

2장 만날 만날 재있어

좋아하면 유치해져

아깽이를 보면 괜히 헛소리를
하게 됩니다.

아깽이!

아깽이! 넌 작고

노르스름 하니까

코딱지를 닮았어.

?

이렇게 큰 코딱지가
어디 있냐고?

?

있어! 바로 공룡 코딱지.

킁!

아깽이 넌
공룡 코딱지야.

쿠오오

즉석에서 만든
새 별명이
썩 마음에 든
집사.

그다음부터 종종 별명으로
사용합니다.

공룡 코딱지
밥 먹자~

좋아하면 유치해진다는 게
이런 기분인가 봅니다.

꺄르르

좋아하면 유치해진다

어떤 행사에 참석했을 때, 혹시나 자기소개나 노래할 일이 생길까 봐 눈빛을 피하기 십상인 저도 고양이들 앞에서는 마음껏 열창합니다. 트로트가 유행하면 트로트 멜로디에 고양이 이름을 끼워넣기도 하죠.

"쌈바 쌈바 쌈바 쌈바~ 춤을 추고 있는 아깽~."

그리고 리듬에 맞춰 고양이의 꼬리나 앞발을 살살 돌리곤 합니다.

고양이들이 참참참 맑은 소리를 내며 물을 마실 때는 괜히 이런 동요를 부르고 싶어져요.

"깊은 산속 옹달샘 누가 와서 먹나요. 새벽에 앵오가 눈 비비고 일어나 세수하러 왔다가 물만 먹고 가지요!"

상황과 적절한 센스 있는 선곡에 집사, 절로 흥이 납니다.

고양이들을 두고 유치해지거나 장난치고 싶어 하는 현상은 저에게만 일어나는 일은 아닌 듯합니다. 무뚝뚝하기로 유명한 경상도 남자인 아빠도 앵오를 볼 때면 한마디씩 거들었거든요.

"앵오! 넌 나보다 나이도 어린 게 흰 수염을 턱밑까지 길렀냐! 껄껄껄."

가끔은 아깽이를 안고 티브이를 보는 엄마에게 다가가서 뻔뻔하게 "우리 털손주예요 털손주~"라며 아깽이의 귀여움을 어필하죠. 아깽이는 팔다리도 짧고 몸통도 오동통한 것이, 돌잡이 아기랑 몸매가 비슷한 것 같거든요. 그러면 엄마는 아깽이를 받아 안고 정말 아이인 양 우쭈쭈 이뻐합니다.

살다 보면 가족들 간의 분위기가 심상치 않은 날이 있습니다. 격정적이었던 파도가 지나가고 아직 어색함이 남아 있을 때, 고양이들이 등장하면 남아 있던 긴장감이 사라집니다. 가족 간 불화의 흔적마저 귀여움으로 무마시키는 털 뭉치들.

도대체 어디서 이런 복덩어리들이 제 앞에 나타났을까요?

오늘부터 선불입니다만

식사 시간, 기대에 찬 눈빛으로
밥그릇 앞에 앉은 아깽.

헤..

?

냥?

왜 빨리
안 주나옹?

고객님,
모르셨어요?

오늘부터 선불제로
변경되었습니다.

나옹

고양이의 못생김

문득 바라본 아깽이가

못생겨 보일 때가 있습니다.

반쯤 뜨고 자는 눈.

덜 다문 입과 헛바닥.

와, 아깽이 내 고양이지만 정말 못생겼다.

큭큭

이 못생김을 놓칠 수 없지.

사진으로 남겨둬야겠다.

그렇게 한껏 못생긴 사진을 한 장
두 장 찍다 보면

슬며시
올라오는 마음.

귀… 귀엽다.

고양이는 못생김과 귀여움이
공존할 수 있다는 걸 알려줍니다.

까망언니가 고양이들과 함께 독립했습니다.

몇 달 뒤에 언니 집에 놀러 갔습니다. 그 전날에 언니는 "참고로 우리 집에 티브이를 안 달았어!"라고 경고했지만, 우리는 티브이가 없어도 전혀 지루하지 않았습니다. 맑은 물이 흐르는 천변을 산책했고 고양이들을 사이에 두고 방바닥과 침대에 누워 수다꽃을 피웠습니다. 각자가 안고 있는 고민 이야기도요. 답을 찾을 수 없는 질문들도 서로를 위해 꽤 진지하게 들어주었습니다.

수다를 떨다 보니 식사 시간이 다 되었고, 언니는 절 위해 실력 발휘를 해보겠다며 부엌에서 파스타를 만들기 시작했죠. 그동안 언니네 고양이들이 그 곁을 맴돌았습니다. 언니가 조리 도구를 꺼내려고 큰 서랍장을 열자 온몸이 까만 까망이가 그 속으로 쏙 들어갔습니다. 어두운 서랍장 속에서 연두색 눈만 반짝거리는 모습이 퍽 귀여웠어요. 가을이는 테이블 뒤에서 호기심 가득한 모습으로 집사를 바라보고 있었고요.

고소한 냄새가 집 안에 퍼지고, 창문 사이로 적당한 햇살까지 비치니 그 장면이 꽤 그림 같았습니다.

언니는 이 장면 속에서 살아가고 있으니 멀리서 이 일상을 본 적이 없을 거란 생각에, 그 순간을 카메라로 찰칵 찍어두고 그날 밤 잠들기 전에 보냈습니다. 언니는 덕분에 고양이와 함께하는 일상을 사진으로 간직할 수 있게 되었다며, 고맙다고 말했죠.

어쩌면 우리가 나눈 고민들은 나이를 꽤 먹더라도 끝나지 않으리란 걸, 이제는 어렴풋이 짐작합니다. 그렇지만 일상은 계속되고, 때론 빛이 납니다.

그 속에 고양이들이 함께라면 더할 나위가 없죠.

성공의 세리머니

끄응…

심각

집중하는 모습도
귀엽네….

끙아를 생성 중.

흡-!!

지켜보던 집사는 시원한 성공을 숨죽여
응원합니다.

조금만
더!!

끄응…

드디어, 기다리던 소식!

아깽이
성공했구나!

투두둑

그러면, 신난 아깽이는
우다다다 뛰어가

우다다

슈슝~

화장실 발수건
앞으로 슬라이딩합니다.

그러고는 성공의 세리머니를 펼쳐
보이죠.

냐냐

시원하다용

가끔은 그것만으론 부족한지,
캣타워로 돌진하기도 합니다.

우다다다

그렇게
시원해?
큭큭….

ㅋㅋ

아깽이의 장난감 활용법

선물받은 아깽이의 장난감을
개시했습니다.

＊쥐 인형이 달려 있고
길을 따라 공을
데구루루 굴릴 수 있다.

아깽이는 만만한 쥐 인형을 몇 번
쳐보더니

집사가 공을 굴리는 것을 구경했죠.

늦은 밤, 잠에서 깨어나 공 굴리기에
열중하는 아깽이.

그러나 서서히 몸이 기울어져
누워 놀기 시작하더니

털찐 고냥, 살찐 고냥

겨울에 아깽이를 보면 동글동글한 털 뭉치 같습니다.

얼굴도 동글동글.

몸도 동글동글.

식빵도 유독 두툼해 보입니다.

동글동글 오동통한 식빵이군!

고양이들은 겨울이 오면 털이 찐다고 하길래

털을 찌워 추위로부터 보호하자옹!

아깽이도 털이 찐 것인지 확인해 보기로 했습니다.

우선 한껏 동글해진 얼굴과 턱살을 확인하기로.

턱살을 당기니 복슬한 털이 한 움큼 잡혔습니다.

털 찐 게 맞네!!

그렇다면! 저 둥글둥글한 몸통도!!

털이 쪄서 그렇게 보이는 거겠군!

그러나 배에 손을 올려 꾸욱 눌러보니

한없이 단단했습니다.

이건 살이 찐 거네…

뒹굴뒹굴 그루밍이 좋아

아깽이는 누운 채로
그루밍합니다.

딩굴

딩굴

배짤 그루밍은
누워서 하는 게 최고

그에 반해 앵오는 항상 흐트러짐
없는 자세로 그루밍을 했기에

바른 자세

깔끔

고양이들은 모두 그런 줄로만
알았으나….

고양이들은
너무 우아해.

아…
고양이마다
다른 거였어.

둘째 등장!

혹시 아깽이가 살이 쪄서, 누워서 그루밍하는 게 편한 건 아닐까?

이참에 다이어트 시작!

얼마 뒤 체중 조절에 성공한 아깽이.

배짤이 좀 들어갔는걸?

그러나 아깽이는 여전히 누워서 그루밍을 합니다.

뱃살하고 상관이 없었네!

딩굴

아깽이는 그냥 게으른 고양이였구나….

나처럼.

편견 없는 엄마

엄마의 딸내미 방 등장

둘이서
뭐 하니~

벌컥

대부분 한 몸인
아깽이와
집사.

책 보고
있어요~

넘기라옹

엄마의 딸내미 방 등장 – 2

뭐 하니~
밥 먹으며 해.

벌컥

역시나 한 몸인 둘입니다.

넵!

냐옹!

쓱쓱

작업 중

편견 없는 엄마입니다.

우리는 몸치

요가를 시작한 지 일 년쯤 되었습니다.

'요가'라고 하면 보통 이효리 님 같은 모습을 떠올리겠지만, 저에게만 큼은 동떨어진 현실입니다. 몸치라서 일 년째 반복하는 동작도 매일 조금씩 잊어버리거든요. 손가락, 발가락을 하나씩 까먹다 보면, 어느 날은 남들과 매우 다른 자세를 하고 있습니다. 그것도 모르고 속으로 '이제 좀 잘하는 것 같다'고 우쭐하면 선생님이나 주변의 고수 회원님들이 오셔서 자세를 봐주시지요. 진지하게 "오늘 혹시 어디 다치거나 불편해서 동작을 그렇게 하고 있는 거예요?"라는 질문을 받은 적도 있습니다.

그런데 이게 바로 저와 아깽이가 닮은 점이죠. 바로 몸치라는 거요!

제 움직임은 어딘지 어설프거나 비효율적인 편입니다. 그리고 자주 우당탕 소리가 동반되죠. 집사 눈에 비치는 아깽이의 움직임도 그렇습니다. 모든 고양이가 점프를 잘하는 건 아니라는 걸, 아깽이를 보고 알았습니다. 아깽이가 몸치란 걸 안 건 앵오 덕이고요. 앵오의 점프는 늘 유연하고 안정적이었습니다. 쭉쭉 뻗은 기다란 몸과 다리도 한몫했죠. 앵오는 열아홉 살이 되어서도 소파나 침대를 가뿐히 오르내렸고 동작 하나하나가 우아했습니다.

그런데 아깽이는 걸을 때도 무언가 뚱땅뚱땅 어설퍼요. 몸속에 흐르는 고양이의 피를 따라 우다다를 하며 캣타워를 밟고 옷장 위로 돌진했지만 실패하는 바람에 물건 떨어지듯 뚝! 낙하한 적도 있죠. 그날부터 혹시나 모를 위험을 막으려고 인형들로 캣타워 꼭대기 층을 막아두었습니다. 아깽이가 나이를 좀 더 먹고선 어설픈 점프가 더욱 불안해 보여 캣타워 앞에 계단도 놓았죠.

요즘 우리 요가원에서는 '거꾸로 서기' 자세가 유행입니다. 얼굴이 바닥에 있고 발끝을 천장으로 뻗는, 바로 그 거꾸로 서기 자세 말이에요. 어려운 자세라서 성공을 기뻐하며 축하 떡을 돌린 분도 있습니다. 저보다 늦게 요가원에 등록한 분들도 하나둘 시도하고 있지만, 제게는 아무도 거꾸로 서기를 권하지 않습니다. 저 역시 꿈도 꾸지 않고요.

그래도 처음을 돌아보면 유연성도, 체력도 꽤 좋아졌다는 걸 느낍니다. 장족의 발전을 한 저를 보며 다른 회원분들도 "처음엔 정말 엉망이었는데, 지금은 자세도 많이 좋아지고 근육도 붙고, 너무 보기 좋다!"며 한 번씩 감탄합니다. 처음엔 '이분을 어떻게 지도해야 하나' 하고 고민했다는 부원장 선생님은 요즘은 꽤 그럴듯하게 자세를 잡는 제 모습에 자주 감격하십니다. "양희 씨는 우리 요가원의 성공 모델이야"라고 말이죠.

전 여전히 거꾸로 서기 같은 고난도 동작을 탐내지 않습니다. 그렇지만 고양이 발톱처럼 매일 은근히 자라나는 유연성과 체력에 기쁨을 느낍니다. 가끔 빠지기도 하지만, 꾸준히 운동하는 나 자신을 칭찬하고 싶습니다.

아깽이 역시 고양이의 기본 소양이라고 불리는 능력들이 좀 부족해도 절대 주눅 들지 않습니다. 책상 위로 대책 없이 우다다! 뛰어 올라갔다가 막상 내려오기 곤란할 땐 당당히 집사를 부릅니다.

"괜찮아 아깽이! 점프는 좀 못하지만, 솜방망이를 구부려 먹이 퍼즐 깊숙이 숨겨진 사료를 날렵하게 빼먹는 건 잘하니까!"

그때 제 눈에 비치는 아깽이가 얼마나 똑똑하고 날렵해 보이는지 모릅니다.

혹시 천재묘?

흠냥.. 어디 보자.

이 정도면 되었다옹!

스스로 얼굴 기댈 곳을 리모델링하다니!

혹시 우리 아껭이가 천재묘인가?

편 _ 안

잠시 후 다시 시작된 광기의 각각각.

아껭아 상자가 사라지고 있어.

각각각

결국…

저건 그냥 바닥에 자는 거랑 다름없잖아?

상자의 기능을 잃음.

대야 플렉스

앵오의 말을 찰떡같이 알아듣는 집사에게

냥!

문 열어 달라고?

자러 가자고?

냥!

특별한 요청이 들어왔습니다.

야옹

야옹

야옹

애옹

앵오야, 왜 그래~?

아, 치워달라고? 오케이!

그게 아니라옹!

냥냐!

냥냐!

앵오는 치운 대야 앞에서 다시 울기 시작했죠.

야옹

야옹

야옹

먀옹

먀옹

쟤가 오늘 왜 저러지?

앵오는

!!

거대한 물그릇이 갖고 싶었나 봅니다.

물그릇 플렉스

아무리 귀여워도 이건 물그릇으로 못 써….

목욕해도 될 크기잖아.

아깽이의 정체

아깽이를 보면 식빵보다 누렇게 익은 호박이 자주 떠오릅니다.

위화감이 없다냥.

그래서 호박을 닮았다며 놀리지요.

호박 궁댕이~

호박 서리해야지!

악!

잘 익었네 ㅋㅋㅋ

아깽이 일어나!

너 지금 잘 때가 아니라구!

또 장난치기

ㅋㅋㅋ

신데렐라가 너 기다리고 있잖아!

일어나!

냥?

흔들흔들

아깽이는 케이-고영희

사계절 내내 보드라운 이불을 놓지
못하는 집사와 아깽이.

심지어 아깽이는 한여름에도

이불 속에 파묻히는 걸 좋아합니다.

그런 아깽이가 한겨울에,
굳이 바닥에 누워 있다면

이유는 하나입니다.

엄마, 혹시 보일러
틀었어?

응!

맨바닥이 가장 따뜻하다는 걸 아는
K-고영희니까요.

K-고영희

나도 같이 바닥에
누워볼까?

아….
따습다….

3장

만날 만날 고마워

모닝 골골송

아침인가 보다.
눈부셔-.

Zzz

햇빛 쨍쨍
쨍쨍

Zzz

흠냐
흠냐옹

몇 시인지
확인해볼까?

번쩍!

부시럭

부시럭

부시럭

집사가 이제
일어나려나 보다.
냥... 좋아....

집사가
일어났다옹.

골골골

골골골

일어
났다옹.

아직 자는 척하며 골골거리는 모습이
포인트죠.

저러다 다시
잠들 수도 있으니
너무 설레지
말자옹···.

골골골

두근
두근

잠에서 깬
거랑 반가워
하는 거 전부
티 나는데.

이제 슬슬
아는 척 좀
해볼까?

ㅋㅋ

ㅋㅋ

ㅋㅋ

골골골

골골골

우리 아깽이~!
아직도 꿀잠
자는 거야?

까아!

일어났다네

와락

골골골

아깽이, 잘 잤어?
밥 먹으러 갈까?

왠지 아침밥
때문에
날 반기는 거
같지만···.

골골골

나이를 먹을수록 느낌표처럼 분명해지는 것과 여전히 물음표인 것이 있습니다.

한 살 한 살 먹으며 알게 된 점은, 내가 무엇을 하면 힘든지, 무엇을 참을 수 없는 사람인지가 점점 더 명확해진다는 겁니다. 자신을 알아가는 일은 중요하지만, 아뿔싸! 어느새 적지 않은 나이가 되고 말았습니다. 눈물을 쏙 빼가며 깨달은 것들이 소중하다 보니, 혹시나 서로 이해하지 못해 상처를 주고받지는 않을까 경계심이 늘어갑니다.

또 '앞으로 어떻게, 뭐 하며 살지?'라는 물음표는 아무리 나이를 먹어도 여전히 주변을 맴돌더군요. 주워들은 것들은 점점 늘어나니 지금의 선택을 나중에 후회하지 않을 거라고 장담하기 어렵습니다.

어릴 적에는 서른 살 정도가 되면 삶의 방향이 또렷해질 줄 알았어요. 그것이 어른의 삶인 줄만 알았습니다. 그러나 이제는 압니다. 오랜 시간 한곳에 정착해 멈춘 것처럼 보이는 작은 배라도, 속으로는 언젠가 바다를 건너는 날을 꿈꾸고 있을지도 모른다는 것을요.

어떤 날에는 크고 작은 물음표가 무거움으로 다가옵니다. 나이를 암만 먹어도 쉬워지는 건 하나도 없네요. 마음은 그렇지 않으면서 어른스러운 척, 모양새를 갖추는 실력만 늘어날 뿐이죠. 사실 전 그런 것조차 서투릅니다.

결국 이런저런 생각을 하느라 밤늦게 눈을 감습니다. 그렇지만 아무리 늦게 자더라도 아침에 야옹거리는 소리가 들리면 어김없이 눈을 떠야 합니다. 이미 늦잠 자는 집사를 많이 봐준 거라 눈꺼풀이 무거워도 더는 미룰 수 없거든요. 식사를 챙기기 전 밥그릇을 깨끗이 씻고, 오늘 먹을 사료 캔을 따서 락앤락에 옮겨둡니다. 따끈한 응가를 치우는 일도 잊지 말아야 해요.

아무것도 하고 싶지 않은 날에도, 고양이와 함께하는 일상을 따라가면 몸이 움직입니다. 그러다 엉뚱한 곳에서 식빵을 굽는 모습을 보며 피식- 웃음이 나요.

그렇게, 마음도 움직입니다.

꼬질한 집사를 챙기는 마음

한창 꿈나라를 헤매다가

얼굴이 따끔해서 깨고 말았습니다.

아야

눈을 떠보니 아깽이가 집사 얼굴을 핥고 있었어요.

핥 핥

단잠에서 깼으니 짜증을 낼 수도 있었지만

고양이의 혀는 돌기가 있어 따갑다.

너무 따가워!

아깽이 입장에서 한번 생각해 보았습니다.

오늘따라 집사가 꼬질하다옹.

아깽이가 닦아주겠다옹.

이런 마음일지도 모른다고 생각하니

아깽이 침으로

깨끗하게 해주겠다옹~

짜증을 낼 수 없었습니다.

하하. 고마워 아깽이.

아깽이의 꿈나라 루틴

아깽이는 긴 낮 시간 동안

효아아옹

고양이다운 자세로 낮잠을 잡니다.

냥모나이트

늦은 밤, 집사와 잘 시간이 되면

아깽아
이제 잘까?

집사처럼 이불 위에 세로로 눕습니다.

그리고 베개를 베는 것도 잊지 않아요.

아깽이의 귀여운 수면 루틴입니다.

으이구, 잘자.

집사의 손길이 필요해

이리저리 몸부림치며 잠든
아깽이의 숨소리가

거칠어질 때가 있습니다.

가까이 가보면 이불 속에
입과 코가 모두 묻혀 있어요.

으이구.
이러니까
숨을 잘
못 쉬지.

이불 속에
푹 묻힌
얼굴을

집사가
손으로
들어주면

고양이도 눈치를 봅니다

아깽이는 소심하고,
눈치도 꽤 보는 편입니다.

주로 집사가 뱃살을 조몰락거리며
장난칠 때 사건이 발생합니다.

아깽이가 받아주니까 끝도 없이
장난치는 집사.

결국 아깽이가 눈치 없는 집사에게
송곳니로 경고합니다.

꽤 아프게 물린 집사가 소리를 지르자
아깽이도 놀란 눈치입니다.

집사의 기분을 풀어주려고 태세를
전환해 물린 부위를 핥기 시작해요.

기분이 풀린
김집사.

그렇게 평화가 찾아왔습니다.

바쁜 도시의 삶에서

바쁜 도시의 삶에서
반려동물을 키운다는 건

잘 자고
있겠지?

일과를 끝내고 돌아왔을 때

냐냐

당신을 반겨주는 귀여운 동물 친구가
생기는 일만은 아닐 것입니다.

냐냐옹

그것은 그에게

당신이,

유일한 세상이 된다는 걸 의미합니다.

혼잣말

언젠가 혼잣말을 잘하는 편이냐는 질문을 받았습니다.

그 말에 방 안에 있는 제 모습을 떠올려보았죠. 분명 저는 대꾸해 주는 상대가 없을 때도 이런저런 말을 내뱉고 노래를 부릅니다. 그런데 엄연히 말하자면, 혼잣말은 아니었어요. 제 헛소리를 들어주는 상대가 분명히 존재했습니다.

제 혼잣말은 주로 이런 거죠.

"너네, 세상이 얼마나 흉흉한지 알아? 이렇게 착하기만 해서 무서운 세상 어찌 살아갈래?", "너희 천사인 거 누가 모를 줄 알아! 다 들켰어! 날개 대신 꼬리를 달았구나!", "얼굴만 귀엽고 예쁘면 다야? 이렇게 뒹굴뒹굴해도 돼?", "하긴, 그래도 되긴 하지.", "아이고, 오늘따라 정말 못생겼다~."

그러다 보면 방 밖에 있던 엄마가 목소리를 높입니다.

"뭐라고? 나 불렀니?"

방 안에서 혼잣말할 때, 저는 솔직히 고양이들이 정말로 대답하고 있다고 느낍니다! 이런 저를 중증의 고양이 사랑병에 걸린 집사라고 생각하실지도 모르겠습니다. 그렇지만 집사가 이런저런 헛소리를 할 때 눈을 끔뻑이거나, 그루밍하는 것조차 고양이 나름의 대답인 것만 같습니다.

혹시나 정말 아무런 반응이 없거나 하품만 쩌억 하더라도 전혀 서운하지 않습니다. 인간들이 내 말에 성의껏 대꾸하지 않거나 동의하지 않으면 은근히 서운한, 좁은 속을 가진 저인데도 말이에요.

그런데 생각해 보니 얘네들도 마찬가지인 것 같습니다. 앵오와 아깽이는 집사가 자신들의 말을 한 번에 알아듣지 못해도, 고양이 언어로 대답하지 않아도 전혀 모멸감을 느끼지 않는 눈치입니다. 그만큼 우리들의 사이는 끈끈해요.

어떤 관계는 존재만으로 대답이 됩니다.

집사가 심쿵하는 순간

슬며시 배가 고프면
밥그릇 앞에
대기하는
아깽이.

오도독

오도독

음수량을 늘리려고
식사에 물을
타면,
머뭇거리 …
다가도

탐탁지 않지만
별다른 선택권이 없음.

그릇에 얼굴을 넣고 찹찹찹 먹습니다.

와구

와구

그러다 고개를 들었을 때

물기로 촉촉이 젖은 턱이 보이면

집사의 심장은
쿵쾅거리기 시작합니다.

상처로 남은 그루밍의 추억

집사 껌딱지로서

그루밍도 자주
해주는 아깽이지만

이상하게도 얼굴만큼은 쉽게 해주지
않았습니다.

요기는 뽀뽀
안 해줄 거야?

-외면-

함께한 10년으로는
도저히 안 되는 거니?

왜 얼굴만
안 된다는
거야?

?

끄응-

어느 날, 드디어 해준 첫 볼 그루밍에
큰 감동을 받았는데요.

어머낫!

그러나 감동의 순간은 짧았습니다.

더럽냐?

켁
케켁
퉷!
퉤

...

아깽이는 뒤늦게 상황을
수습하려고 시도했지만

그, 그게
헤어볼이
나오려고
했던 거
같아.

집짜야
한 번 더
핥아주까?

집사는 이미 상처를 입었습니다.

여드름 피부라서
미안….

집, 집짜야

흭!

으이구!!

민망할 땐
역시 그루밍이다옹!

＊요즘은 사이좋아요

121

갑작스러운 외출은 못 참아

씻고, 단장하고, 옷을 고르는 과정을
지켜보던 앵오는

나갈
준비하냐옹.

집사의 외출을 담담하게
받아들였죠.

나갔다
올게.

그런데 앵오가 유독 싫어한
집사의 외출이 있었습니다.

애옹!!

그것은
바로

재활용 쓰레기가
꽉 찼네?

금방
버리고
올게!

갑작스러운 쓰레기 버리기.

귀찮으니까 모자만 대충 쓰고 갔다 와야지.

오늘은 집에 쭉 있나 보다옹.

과정 생략으로 외출을 예측하지 못한 앵오는 크게 화를 냈습니다!

내가 심부름시켰다고 항의하는 거니?

애오오

속았다옹!

다녀왔어요.

앵오야, 화가 많이 났네?

애오오

애오오

배신감을 느낀 앵오의 화는 쉽게 가라앉지 않았죠.

쭉 같이 있을 거로 생각 했는데

갑자기 나가서 화가 났구나?

애오옹

앵오는 집사의 외출에 마음의 준비가 필요했나 봅니다.

집사가 깁스를 하면

계단에서 넘어져서 한동안 다리에 깁스를 한 적이 있습니다.

깁스를 풀 때까지 집에 콕 붙어 있으니

고양이들의 만족도는 올라갔습니다.

오늘도 집에 있냐옹!

냥냥

깁스를 베개 삼아 잠이 들고

125

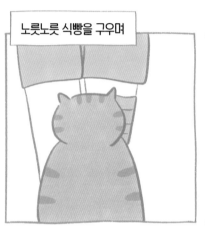

노릇노릇 식빵을 구우며

사이좋게 집사의 다리를 하나씩 차지했습니다.

아깽이는 깁스한 발을 유독 좋아하는 것 같아….

꼬랑꼬랑한 냄새가 취향인가?

그런 의문을 남겼던 집사의 깁스 기간.

똥스키 타는 날

머리카락 떨어진 거 안 보이니? 보이면 좀 줍고 해.

어디? 잘 안 보여.

나는 이런 사람이었습니다.

청소기 돌릴 때 한 번에 치우면 안 돼? 땅만 다보고 다닐 수도 없잖아.

으이구.

똥스키 타는 중.

아깽이~ 똥 걸렸어? 이리 와봐.

어느 날, 아깽이가 똥스키를 탔습니다.

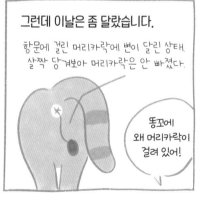

그런데 이날은 좀 달랐습니다.

항문에 걸린 머리카락에 변이 달린 상태. 살짝 당겨보아 머리카락은 안 빠졌다.

똥꼬에 왜 머리카락이 걸려 있어!

＊ 변비 기미가 있는 아깽이는 종종 똥꼬에 변이 끼여 똥스키를 탄다.

집사는 급히 웹을
뒤져보았습니다.

보통 다음
변과 함께
나오니 머리
카락을 자르고
기다려
보세요.

항문에 걸린
머리카락을 억지로
빼면 장에
상처가 날 수
있어요.

무서워-.

머리카락을
자르고 다음
배변 시간까지
기다려보자.

하지만 다음 변이 나올 때까지
걱정에 시달렸습니다.

기다란 것이
백 프로 내
머리카락
이었어-.

초조하다-.

내 탓이야-.

혹시 안 나오면
어떡하지?

그리고 각오를 다졌습니다.

다시는 위험에
빠뜨리지
않겠다!!

머리카락과의
전쟁을
선포한다!

강력한
먼지 돌돌이.

128

그렇게 김집사는 하루 만에
매의 눈을 가지게 되었습니다.

집사가 미안해

문득 뒤를 돌아본
김집사.

어라? 아깽이,
아직 안 자고
뒤에 있었어?

장난감을 한 아름 물어와 기다리던
아깽이는

집사가 돌아보자 그제야 알은체했죠.

기다렸다웅.

냐냐~

아깽아,
내가 진짜
미안해.

지금 당장
신나게 놀자!

쪼아!

냐냥!

나의 세 줄 일기에는

이런 게 있네?

매일 세 줄 일기로 마음 건강을 되찾는다고?

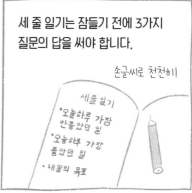

세 줄 일기는 잠들기 전에 3가지 질문의 답을 써야 합니다.

손글씨로 천천히

세줄 일기
* 오늘하루 가장 안좋았던 일
* 오늘하루 가장 좋았던 일
* 내일의 목표

쓰는 동안 자율신경의 균형을 맞추고 심신이 안정된다….

나도 한번 시작해 볼까?

요즘 부정적인 생각이 많았지.

그렇게 시작된 세 줄 일기.

오늘 가장 안 좋았던 일, 안 좋았던 감정은?

하나만 적기 어려운데?

가장 우울한 시절에도 늘 곁에서
날 웃게 해준 노란 털 뭉치야.

별일 없는 날의 소중함

오랜만에 안부를 전한 친구가 "별일 없니? 잘 지내?"라고 물었습니다. 몇 년 전만 해도 비슷한 질문에 눈물이 글썽할 때가 있었지만, 그날은 "별일 없어. 잘 지내지 뭐"라고 대답했죠. 그러니 친구가 덧붙입니다.

"특별히 재미있는 일은 없고?"

우당탕퉁탕 재미난 에피소드라도 기대한 모양이지만 근래에 그런 일은 없었죠. "그렇지 뭐! 근데, 이제는 무소식이 희소식 아니겠냐?"라고 답한 뒤, 우리는 "맞아, 맞아" 하고 동의하며 와하하 웃었습니다.

별일도 없고 재미난 일도 없는, 그게 얼마나 이상적인 하루인지. 그것이 '행복'이라는 말에 가장 근접한 하루일지도 모른다는 걸 이제는 압니다. 이런 시간이 영원히 지속될 리 없다는 것도 눈치챌 만한 나이가 되었고요.

방 안이 제일 편하던 시절. 핸드폰 울림조차 성가시던 날들. 사람들과 자주 만나지 않아도 외로움을 느끼지 못했던 건, 자주 보지 못해도 제 행복과 건강을 빌어주던 이들과 가족 덕분이었죠. 그리고 우리 고양이도요.

슬픔을 나누면 반이 되고, 행복을 나누면 두 배가 된다지만 결국에 사람은 혼자만의 시간을 감당해야 합니다. 그럴 때 혼자이지만 혼자가 아니게 하는 것. 무의미해 보이는 하루에 잔잔한 파동을 불러일으키는 것. 길고 어두운 터널에 온기를 전해준 것의 팔 할은 고양이였습니다.

매일 방 안에 있는 고양이인데, 그 예사롭지 않은 존재감이 시간과 공간을 신선하게 바꾸는 건 왜일까요? 아깽이가 집사에게 그루밍과 꾹꾹이를 처음 해주는 것도 아닌데, 그럴 때마다 황송한 마음이 드는 건 또 왜인지 모르겠습니다.

요즘 저는 평범한 일상의 고마움을 되새기려고 굳이 '감사 일기'를 쓰거나 〈좋은 생각〉에 수록된 미담 사례를 챙겨보지 않습니다. 작업을 하러 컴퓨터 앞에 앉았을 때, 아깽이가 무릎 위에 올라와서 골골거리면 이런 불안정한 생활도 나쁘지만은 않다는 생각이 듭니다. 길었던 하루를 마감하며 눕는 이부자리. 고양이가 함께 누우면 특별해지죠.

행복은 가까이에 있었습니다. 이를테면 고양이의 숨소리 같은.

고양이 요리 도전기

아깽이에게 건강한 요리를 주고 싶었습니다.

아깽아, 맛있는 거 해줄까?

이 요리를 해야겠군!

토마토 소고기찜!!

고양이를 위한 요리책도 빌려 봄.

토마토의 속을 파낸 뒤 찜기에 넣고 찝니다.

야호!!

아깽이를 위한 건강식 완성!

4장
만날 만날 사랑해🐾

호박을 받았더니

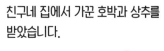

친구네 집에서 가꾼 호박과 상추를 받았습니다.

그런데 상추잎을 살펴보니 무언가 꿈틀,

어라 달팽이네?

갑자기 만난 달팽이를 종이컵에 넣어 살려주기로 했습니다.

이따가 화단에 내려줘야겠어.

그러다 문득 아깽이가 생각나서 돌아보니

아깽이는 달팽이를 봤나?

호박에 머리를 기댄 채로 졸고
있었습니다.

늘 예상치 못하게 웃게 되는
집사의 하루입니다.

사랑의 콩깍지

집사 눈에 앵오는 언제나
아기 고양이였습니다.

우리 할아기.
나이 먹어도 어쩜
이리 애기 같아.

그러다 보니 앵오보다 열 살이나
어린 아깽이는 더 아기 같았어요.

골골

우당탕

행동도 성격도 막내 같은 아깽이.

어느 날, 진짜 한 손에 들어오는
아기 고양이를 보고 온 집사는

먀 아옹

은근히 충격을
받았습니다.

우리 집 애들이
아기 고양이가
아니었어….

144

-집-

엄마, 오늘 놀라운 사실을 알았어.

새끼 고양이를 보고 왔는데, 아깽이가 이제 아기가 아니더라?

아깽이만은 아기 고양이라고 생각했는데.

너희, 언제 그렇게 나이를 먹은 거야?

얘도 참, 새삼스럽기는.

ㅋㅋㅋ

별명이 늘었네 ㅋㅋ

아깽이도 이제 중년이니 중깽이다, 중깽이.

이후로 아깽이를 놀리려 간혹 새로운 별명으로 불렀습니다만

우리 중깽이~ 이제 아깽이가 아니래요.

이제 안 속아야지~

아깽이라옹!

145

아무래도 우리 집의 영원한
아기 고양이로 남을 것 같습니다.

간질간질 아깽이

아깽이의 목을 간질거리면

눈이 반달 모양으로 살살 감기다가

서서히 고개가 올라가더니

거대한 삼각형을 이룹니다.

걱정이 될 때쯤,

그런데, 목이
이렇게 많이
꺾여도 되나?

이렇게나
좋을까.

들려오는 골골송에 집사의 손길은
한층 바빠집니다.

소소한 노력에도 행복해하는
아깽이를 보면

꽤 쓸모 있는 사람이 된 기분입니다.

난 좀 괜찮은
집사인 듯!

냐냥!

못 말리는 껌딱지야

나이를 먹을수록 껌딱지가 되어가는 아깽이.

집사가 컴퓨터로 작업할 때도

엎드릴 때도

누울 때도 집사에게 찰싹.

잠시 쪼그려 앉아도 그 틈새를 노립니다.

모른 척하자 좁은 틈을 억지로 비집어

껌딱지에 성공. 그러나 어딘가 좀
모자란 자세!

그래도 뭐가 좋은지, 아깽이는
오랫동안 불편한 자세를 유지합니다.

못 말리는 우리 노랑 껌딱지!

새치의 발견

새치가 올라왔습니다.

언제 이렇게…!

서른이 넘으면 하나둘 흰머리가 올라올 거라던 언니들이 말이 생각났습니다.

진짜네.

아깽이 냥통수 감상 시간.

흠 치명적인 냥통수.

귓가에 하얀 털 몇 개 발견!

앗!!

먀??

원래
귓가에는
없었던 것
같은데…

아깽이가
올해 열 살
이니까…

그러고 보니.

앵오도 열 살쯤부터 귓가에
흰 털이 보였던 것 같네….

언제 세월이
이렇게….

● ● ●

비적

비적

집사도 고양이도 함께
늙어갑니다.

집중력의 상징

집중할 때 나오는 버릇이 있습니다.

미간 찌푸리기도 그중 하나.

인상 좀 펴라 얘~!

응!

잠시 후….

입까지 힘주기.

그런데 아깽이도 집중할 적에는, 일명 '뽕주디'가 매우 빵빵해집니다.

뽕주디

평소에는 이 정도 크기인
뽕주머니가

집중하면 가득 부풀어
송곳니까지 삐쭉!

통통한 뽕주디는 그날의
놀이가 성공적이었음을
알려주지요.

작은 입을 야무지게 부풀리며
얼마나 잡으려
애쓰는지

지켜보는 집사는 웃음이 나고 맙니다.

오구오구
잘한다!

첫사랑만 19년째

앵오를 볼 때마다 내 몸은
이상 반응을 일으켰습니다.

마치 머리 꼭대기에서 호르몬이
파파팡 분출되는 느낌이었어요.

썸을 탈 때 손만 잡아도 심장이 두근거리고, 머리가 팽팽 도는 그런 기분이었달까요.

그 마음을 참을 수 없을 때는 달려가 뽀뽀를 퍼부었습니다.

앵오와의 19년간 매일, 하루에도 여러 번

첫사랑에 빠지는 기분이었습니다.

닮은 마음

집사라면 공감하실 겁니다. 갑자기 눈에 들어온 고양이가 너무 귀엽고 사랑스러워서 미칠 것 같은 순간을요.

그렇게 마음이 벅차오르면 "앵오야!", "아깽아!" 하고 이름을 부르며 달려가 배방구를 퍼붓고 온몸에 뽀뽀해야만 진정할 수 있어요. 우선 참아는 보지만 결국 인내심을 시험당한 집사는 낮잠을 자거나 그루밍하는 고양이를 낚아채 상상을 실현하고 맙니다. 그러면 고양이들은 '집사가 또 귀찮게 하네', '조금만 더 참아주자옹' 하는 반응이죠. 그런 뚱한 반응이 또 귀여워 한바탕 난리를 치는 것이, 바로 팔불출 집사의 일과 중 하나가 아닐까요?

이런 집사의 애정 어린 호들갑이 일방적인 것만은 아니라고 느끼는 순간순간이 있습니다. 한 번은 노묘가 된 앵오가 집 안을 어슬렁거리며 돌아다니다가 저와 눈이 딱 마주쳤어요. 앵오는 바로 귀엽고 간드러지게 "아아아앙앙!" 하고 울며 집사를 향해 후다닥 뛰어왔답니다. 그 순간, 저는 앵오의 마음을 알 것 같았습니다. 저와 닮은 마음이었을 거예요.

아깽이는 어떠냐고요? 아깽이는 집사 얼굴에 그루밍을 해줍니다. 처음부터 잘 핥아주는 고양이가 아니라서 어쩌다가 한두 번 해주는 게 너무 신통했죠. 그래서 팔이나 얼굴을 들이밀며 그루밍의 자비를 베풀어주길 바란 적도 많았는데, 요즘은 아깽이가 먼저 제 볼이나 이마를 지극정성으로 핥아주려고 합니다! 까슬한 혓바닥이 따가워 은근히 몸을 피하면 고개를 쭉 뻗기까지 하면서 핥아주려고 애를 씁니다. 그러면 저는 "아깽이! 너도 나만 보면 뽀뽀하고 싶구나! 나도 그래!" 하며 공감하죠. 귀여운 마음에 괜히 짓궂게 굴고 싶은 날에는 "아깽이! 뽀뽀해 주고 싶을 만큼 내가 그렇게 좋아? 아니거든? 내가 더 좋아하거든!" 하고 외치며 뽀뽀를 배로 되돌려줘요.

집사와 고양이의 마음이 닮아가는 순간입니다.

콩깍지가 벗겨진 뒤

앵오와의 19년, 제 눈에는 항상 사랑의 콩깍지가 씌어 있었습니다.

필터 효과 자동 적용!♥

앵오를 보고 친구들이 범상치 않다고 이야기해도

우당탕탕

앵오 진짜 크다. 혹시 살쾡이 아니야?

그저 짓궂은 장난이라고 생각했습니다.

집사 눈에는 아기 고양이

조금 건강한 아기 고양이

나이 들어 살이 빠지고 꼬질해져도 가녀린 청순미로 보이는 콩깍지였어요.

아아 너무 청순 미묘야- 앵오

앵오가 무지개다리를 건넌 뒤,
집사는 한동안 앵오의 사진을
보지 못했습니다.

한참 뒤, 앵오의 어릴 적 사진을 본
집사는 깜짝 놀랐습니다.

이렇게 대장 고양이상이었나?
기억 속에는 조금 건강한
아기 고양이였는데… 하고 말이죠.

그러다 앵오가 떠나기 얼마 전
사진을 보고, 또 한 번 놀라고
말았습니다.

너무나
수척하고
마른 모습…

앵오는 많이 야위었지만, 그 시절
집사 눈에는 여전히 예쁘고 멋진
고양이였거든요.

우리 앵오
많이 늙고
아팠었네…

19년 사랑의 콩깍지가 아주
어마어마하다는 걸 느꼈습니다.

그렇지만 언제나 나를 향해
반짝였던 눈은 콩깍지가
아니었다는 것도요.

사랑스러운 털 뭉치 앵오와 아깽이

집사의 콩깍지 샷!

아깽이

앵오

잠들지 못하는 밤에

눈을 감으면 떠오르는 생각들로

앞으로 어떡하지?

내가 왜 그랬지?

나한테 왜 이런 일이….

잠들지 못하는 밤이 있습니다.

훌쩍

행복할 수 있을까?

사는 게 뭘까?

잠이나 자자… 에휴.

그럴 때마다

나의 잠자리를 지켜주는

작지만 든든한 몸들을 보며
생각했어요.

좌 앵오   우 아깽

고양이 두 마리와 잠들
수 있다니, 난 행복한
사람이구나.

잠들지 못하는 새벽

　지난 여름에는 인생의 큰 이벤트를 앞두고 크고 작은 걱정들이 많았습니다. 알아보고 결정해야 할 일이 한 무더기라 종일 신경이 곤두서 있었으니 결국 문제가 생겼죠. 잠자리에 누워 눈을 감아도 도통 잠이 오지 않는 겁니다. 이런저런 생각들이 꼬리에 꼬리를 물며 밤을 이어가고, '아무 생각도 하지 말자'고 다짐해도 말짱 헛수고. 새벽 두 시를 알리는 시계를 보면서 '더 늦기 전에 자야 하는데'라고 애를 태워봤지만 잠은 점점 더 먼 곳으로 달아났습니다.

　그렇게 아침부터 새벽까지 쭉 각성 상태인 제 뇌를 재우기 위해 유튜브에 '과각성 불면'을 검색하다가 '현재에 집중해 보세요'라고 말하는 콘텐츠를 발견했습니다. "도대체 어떻게 현재에 집중하란 거야?"라는 의문에 유튜브 속 인물은 '지금 주변에서 느낄 수 있는 촉각과 청각'에 집중하라고 하더군요. 그를 한번 믿어보기로 했습니다.

　저는 무더위가 찾아오기 직전 초여름 밤을 좋아해서, 그 계절을 느끼며 자려고 이불에 눕기 전 창문을 조금 열어두곤 합니다. 베개 옆에는 뭉글뭉글하고 따뜻한 고양이가 누워 있고요. 한 팔을 고운 털로 덮인 궁둥이에 슬며시 붙인 뒤, 온몸의 감각을 열어봅니다. 숨을 깊게 들이마시고, 눈을 감고, 집중.

'바퀴 소리가 쉬이익 쉬이익, 청량한 여름밤 냄새, 오르락내리락 고양이의 숨소리, 고양이 털, 부드럽다, 복슬복슬하다, 따뜻하다….'

저는 이내 잠이 들었습니다.

'나중에'를 생각하는 습관

집사 눈에 애기인 아깽이도 벌써 열한 살입니다.

예전에는 마냥 아이들의 귀여움에 빠질 수 있었는데

앵오가 무지개다리를 건너고서는 조금 달라졌습니다.

가만히 밥 먹는 모습을 지켜보다가도

나중에 얼마나 보고 싶을까?

정수리 냄새를 맡다가도

달달한 냄새…
얼마나
그리울까?

보들보들… 얼마나 안고 싶을까?

자주 그런 생각들을 하게 되었습니다.
P.S 더불어 조금 낯부끄러운 말들도요.

아깽이~
사랑해!

평범한 하루도

아깽아.

오구오구

먀옹

어쩜 대답도 잘하네!

어쩌면 밥도 이리 잘 먹어? 장하다!

이이 와구 와구

아깽이~ 어마무시한 황금 똥을 쌌네? 정말 대단해!

그 정도야 모-.

매일 반복되는 하루도 함께면 감동이 되었습니다.

골골골 골골골

골골송이다~.

아무래도 고양이들은

그새 잠들었네.

소중해-.

평범한 일상도 특별하게 만드는
능력이 있는 것 같습니다.

안 깨우게
조심해야지.

P.s 가끔 무심하게 큰 감동을
선사해 주십니다….

집사 감격.

꾹꾹이를
해주시다니-.

골골골

그리운 너를 느끼는 방법

꿈에 앵오가 나올 때,
나만의 요령이 생겼습니다.

애옹

애옹

나는 엎드려 누워 앵오를 껴안습니다.

그리고 목덜미에 얼굴을 묻고
냄새 맡기 - 뽀뽀하기

그리운 냄새-

냥.

얼굴 바라보기를 반복합니다.

보고팠던 얼굴.

오직 그것만 반복합니다.

꿈속의 나는
어렴풋이 알고 있어요.

내가 너를, 가득 느낄 수 있는 방법은 이거야.

함께한 밤이

첫 고양이인 앵오가 '노묘'가 되었을 때, 전 독립 출판으로 두 권의 책을 그리고 쓰기 시작했습니다.

첫 번째 책《영원한 너의 집사이고 싶다》는 영원할 것 같은 일상의 끝을 가늠하기 시작할 때의 이야기예요.

두 번째 책《사라질 것들을 사랑하는 일》은 앵오가 무지개다리를 건넌 이후 일 년을 기록한 글입니다. '담담하지 못한 기록'이라는 부제를 쓴 이유는, 저의 불안정한 감정과 생각을 고스란히 기록했기 때문이었어요. 살다 보니 마음속에서 이야기가 쏟아져 나오는 날들이 있더라고요.

절제된 문장 속에 슬픔을 담은 세련된 글은 못 되지만, 정제되지 않은 기록이 닮은 슬픔을 가진 사람들에게는 힘이 될지도 모른다고 생각했어요. 반려동물과의 이별은 흔히 '인정받지 못하는 슬픔'이라고 불리니까요.

이후로 종종 사랑하는 가족을 떠나보낸 사람들로부터 연락을 받습니다.

얼마 전에 받은 장문의 메일은 열세 살이 된 야옹이를 고양이별로 보낸 집사님이 보내신 것이었죠.

집사님은 야옹이가 새끼일 때부터 팔베개를 해주며 주무셨다고 해요. 그 습관은 야옹이가 다 커서도 이어졌고, 13년 동안 한 번도 편한 자세로 잠든 적이 없다고 했습니다. 혼자 재우려고 몇 번이나 시도했지만, 침대에만 누우면 기를 쓰고 이불 속으로 파고들어 얼굴을 들이미는 아이를 이길 수 없었다죠.

메일을 읽고서, 이제 그분은 가벼워진 한쪽 팔이 허전해 밤새 뒤척거릴지도 모르겠다고 생각했습니다.

저와 고양이들의 밤은 이런 모습이었습니다.

잘 시간이 되었는데도, 도저히 잘 생각이 없는 집사를 보면서 앵오가 화를 내기 시작합니다.

그의 울음은 집사가 함께 자는 방으로 들어와 누울 때까지 이어져요. 오늘은 거실에서 '티브이를 좀 더 보다가 자고 싶은 날이야. 먼저 방에 들어가서 자고 있어'라는 식의 변명 따위는 통하지 않습니다.

그렇게 잘 준비를 마치고 누우면, 얼마나 든든했는지 모릅니다. 나의 왼쪽에는 앵오가, 오른쪽에는 아깽이가 함께 누웠습니다. 그래서 귀신도

두렵지 않았어요.

누구에게나 잠들기 전 어둠은 이불킥을 차기 좋은 시간입니다. "그때 내가 그 말을 왜 했지?"라며 후회하거나, 무례했던 사람을 떠올리며 "아! 그때 이렇게 받아쳐야 했는데!" 하며 뒤늦은 상황극을 하죠. 온갖 생각 이 머릿속을 시끄럽게 할 때, 의식적으로 옆에 잠든 고양이 냄새를 맡으 면 조금은 마음이 진정됩니다.

매일매일 반복되는 날들 속에서도 가끔은 "고양이 두 마리와 잠을 자 다니. 알고 보면 내가 복이 꽤 많은 사람이 아닌가?" 하고 생각했죠. 무 서운 꿈을 꾸며 가위에 눌렸다가 깼을 때, 현실로 돌아왔는지 확인하는 방법 또한 고양이들을 만지는 것이었습니다.

반려동물을 가족처럼 여길 필요는 없다고, 동물은 동물일 뿐인데 무 엇을 그리 슬퍼하냐는 말을 들을 때면 가슴이 답답해집니다. 그들은 모 르는, 우리만의 이야기가 있다는 걸 어떻게 설명하면 좋을까요?

기쁠 일이 전혀 없는 날에도 작은 몸으로 하루에도 몇 번씩이나 웃음 을 주었다면, 당신은 꼭 필요한 사람이라고 일깨워 주었다면, 무서운 꿈 에서 깨어난 내게 이제 괜찮다고 온기를 나눠주는 존재가 있다면, 어떻 게 사랑하지 않을 수 있을까요? 어떻게 그 밤을 그리워하지 않을 수 있 을까요?

나만 고양이들을 돌봐온 것이 아니라 그네들도 내 밤을 지켜주었다는 걸, 평범한 밤들이 사라지고 나서야 깨닫습니다.

잠결에도 무의식은 온통 너에게

'쩝!' 하는 작은 소리에 자다가 눈이 번쩍 뜨입니다.

번쩍

쩝쩝…

재빨리 이불에서 나와 앵오에게 갑니다.

앵오야 토할 것 같아?

쩝쩝

앵오는 컨디션이 안 좋으면 새벽에도 토하곤 했죠.

애애억!

나는 원래 잠이 많은 사람이라

수업 시간에도 졸고

대중교통에서도 기절하는 저질 체력.

＊ 토하기 전에
   쩝쩝 소리를 낸다.

182

옆에서 헤어드라이어가 웅웅거려도 못 듣고 계속 자는 경우가 많은데

이상하게도 그 작은 소리는 잠에 빠진 나를 쉽게 깨웁니다.

앵오야 괜찮아?

아하!

이번에는 그루밍하는 소리였구나!

그루밍 중

안정을 주는 것

눈을 뜨자마자 보이는
거대한 노랑.

야옹

나의 시야 안에 늘
노란 털 뭉치가 보이는 일.

골골

그것이 얼마나 꾸준한
안정감을 주는지, 이 아이는
결코 모를 겁니다.

굿모닝.

나나나

골골

가만히 위로하는 법

누군가가 제게 깊은 속마음을 털어놓는다면, 신중하게 생각한 뒤 답하고 싶습니다.

계속 나아가기 힘들다는 이에게 "그렇게까지 힘들면 당장 그만둬"라고 말하는 건 너무 가벼운 조언 같아요. 그도 내려놓는 것이 쉽지 않아서 내게 그런 말을 한 것이 아닐까요?

그렇다고 "힘을 내. 언젠가 전부 잘될 거야"라고 내뱉기도 쉽지 않습니다. 우리의 미래는 의지와 다르게 흘러가기도 하고, 무엇보다 마음을 먹어도 힘이 잘 나지 않아 그런 말을 한 것일 테니까요.

그럴 때마다, 저는 그의 마지막 지지자가 되고 싶다고 희망합니다. 만약 모두가 "남들도 다 힘들어. 그러니 참고 살아"라고 말한다면, 적어도 한 명쯤은 괜찮다고 말해주는 사람이 있어야 숨이 쉬어지지 않을까요? 지금 힘들어도 꾹 참고 걸어가는 너를 응원한다고, 그렇지만 언제든 내려놓고 싶을 때는 그렇게 해도 된다고, 그런다고 세상이 끝나는 건 아닐

거라고 말해주고 싶습니다. 이런 나의 마음이 오해 없이 잘 전해지길 소
망하면서요.

말의 무게를 알고부터는 충고를 가장해 상대에게 상처를 주지 않으려
노력하지만, 어느 날은 '너를 걱정해서 그런 거야'라는 이유로 그의 고민
을 가볍게 여기는 말을 뱉은 날도 있습니다. 그런 날은 잠들기 전에 이불
속을 한참이나 뒤척거립니다.

나이를 먹을수록 선명해지는 나만의 기준을 뒤로 한 채, 존재 자체로
가만히 힘이 되기란 쉽지 않습니다. 그런데 그 어려운 일을 고양이들은
해내더라고요. 마음이 시끄러운 날, 방 안에서 고개를 돌릴 때마다 보이
는 둥그런 몸통에 위안받는 순간이 있습니다.

고양이들은 별다른 말을 하지 않습니다. 네가 무슨 일을 하든, 어떤
결정을 하던 너는 그 자체로 나의 집사라고. 그러니 이 지구에는 네가 꼭
필요하다고, 매일 온몸으로 보여줍니다.

우리의 계절

너와 함께 눈사람을 만들진 못해도

네가 있는 작은 방이

가장 따스한
나의 겨울인걸.

포근한 몸에 기대 코를 묻으면

가장 향기로운
봄인걸.

너와 나의 계절.

나옹

5장

미공개 에피소드

자신감

아깽이는 고양이지만 점프에는 영 재주가 없습니다.

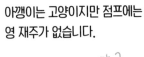

그렇지만 고양이의 본능으로

어우 불안해.

한 번씩 높은 곳을 향해 점프합니다.

올라간 김에 여기저기 냄새도
맡아봅니다.

이제 내려갈 때가 되었습니다.

결국 집사의 도움을 받아 내려옵니다.

알 수 없는 사이

앵오는 식사 중에 아깽이가
끼어들어도

무례한 동생에게 식사를
양보해 줍니다.

둘은 낮잠도 꼭 붙어 자고

그루밍하며 침도 나눕니다.

그 모습을 지켜보는 집사는 마음이
두 배로 행복합니다.

그러나 알 수 없는 포인트에서
감정이 상한 두 고양이.

우리 집 상전

199

기적

좋아하는 사람이

나를 좋아해주는 건 기적 같은 일이라고 합니다.

나는 매일매일

앵오야, 아깽아!

그 기적 같은 행복을 느끼는 집사입니다.

야아

냐아앙

고양이랑 살면은

앵오가 고양이별로 돌아간 지 몇 년이 지나, 아깽이도 노묘가 되었습니다.

나는 언제까지 고양이 집사로 살아가게 될까요?

마지막 페이지까지 우리는

평범한 날들 속에서

웃고, 울고

아프지 마.

온기를 나누며

주어진 하루를 사랑하겠습니다.

인생에서 최고의 행복은
우리가 사랑받고 있음을 확신하는 것이다.

-빅토르 위고-